대꽃 피는 마을

국립중앙도서관 출판시도서목록(CIP)

대꽃 피는 마을. 제2집, 2014 / 지은이 : 류재덕 외. 죽전시문학회 편.
-- 서울 : 한누리미디어, 2014
p. ; cm

ISBN 978-89-7969-482-6 03810 : ₩10000

한국 현대시 [韓國 現代詩]

811.7-KDC5
895.715-DDC21 CIP2014022131

용인 600년
세계로 미래로

대꽃 피는 마을

2014 제2집 · 죽전시문학회 편

한누리미디어

발간사

백 년에 한 번 피는 대나무꽃

용인 지명 탄생 600주년의 뜻을 담아 죽전시문학회 동인지 제2집 《대꽃 피는 마을》을 세상에 내놓게 되었다. 죽전시문학회는 작년에 제1집 《참대밭 시마당》을 출간하였으며, 매년 봄 · 여름 시낭송회, 동인지 발간, 회원 개인 시집 발간, 등단을 목표로 꾸준히 노력하고 있으며, 또한 평균 연령이 높은데도 불구하고 젊은이 못지 않은 시상(詩想)을 떠올리며 열정적으로 창작 활동을 하고 있다.

5월에 철쭉꽃이 만발한 한강변 귀여리에서 '제2회 철쭉꽃 피는 시낭송회' 를 내외 귀빈을 모시고 성대히 거행하였으며, 7월에 죽전도서관 세미나실에서 '평생학습동아리 학습 발표회를 겸한 시낭송회' 를 개최하였고, 8월에 죽전야외음악당에서 우리 동네 예술 프로젝트 사업의 일환으로 '용인사랑 시낭송 콘서트' 를 협

력단체인 수지실버합창단과 함께 열게 되었다.

박동석 시인의《시는 말, 말은 시가 되어》, 이병구 시인의《사랑의 마디》 개인 시집을 출간하여 뜻깊은 출판기념회도 가졌으며, 최해복 시인의 등단도 함께 축하해 주었다.

한국예술인복지재단에서 파견한 이선균 시인의 지원을 받아 폭넓은 수업으로 실력을 쌓아 가는 계기가 되었다.

《대꽃 피는 마을》 동인지 제2집이 나오기까지 적극 도와주신 한국외국어대학교와 국제뇌교육대학원 국학과 석좌교수이신 홍윤기 박사님, 지도해 주신 김태호 선생님과 창작 활동의 장소를 제공하여 주신 죽전도서관 관계자와 그 외 모든 분들께 진심으로 감사드립니다. 회원님들의 가정에도 항상 행운이 함께 하시고, 앞으로도 좋은 시를 많이 창작하도록 힘써 주시길 바랍니다. 감사합니다.

2014. 7. 25

죽전시문학회 회장 류 재 덕

초대시 홍윤기

산위에서

누가 산에다 함부로 돌 던지느냐
지구가 비뚤베뚤 뒤뚱대며 돈다 하여
아무리 우둔한 자라도 그건 사람 짓은 아니야
하지만 여전히 돌을 던지는구나
다시 한 번 크게 혼나봐야 알 테냐
묵묵히 견디고 있다 하여 낮잠 자는 것은 아니니
시무룩한 얼굴로 그저 털털 웃고 있다만
자꾸 짓궂게 건드리들랑 말거라
그냥 너그럽게 보아주는 게 아니라는 것을
예전 그런 핵주먹 다시 맛본 뒤는 몹시 늦을 걸
어서 못난 돌질들 그만 두거라
세상 훤히 내다보고 있으니 산위에서

초대시 김태호

해금을 들으며

에돌다 스러지면
하나 될 수 있을까

벼리고
벼리고
끈적대는 모든 것
냇물 씻어 줄 고르면

말총머리 활에 닿는
명주실 혼
벼랑 타고 산을 오르리

하늘 꼭대기 날으는
저 간절한 울림

차례

차례

3

박춘추

4

손선희

5

유성준

6

이경숙

차례

7

이병구

8

이선균

9

이찬주

10

임기선

차례

11

최영희

12

최해복

13
표석화

류재덕

『한국현대시문학』 등단, 한국현대시문학연구소 이사, 죽전시문학회 회장. 한국문인협회, 용인문인협회, 한국가톨릭문인회 회원. 천주교수원교구 명예기자. E-mail : jaiduck@naver.com

너 알았더라면

모두가 날 버리고 떠나
혼자라고 믿었네
날 기억하는 당신
바로 내 곁에 있었는데
생각하면 허탈한 마음
아픈 상처 만져주는 당신
더 일찍 알았더라면
내 인생 달라졌을 텐데
떠올리고 싶지 않은 상처
언제쯤 지워질 수 있을까
내 인생 절망만이 아님을
이제는 믿고 살고 싶다

참 행복

오래 누릴 것만 같던 삶
어느새 노년의 문턱에 이르니
몸과 마음 따로 놀자 하네요

이제부터는
날으는 새처럼 자유롭게
미처 부모님께 못했던 말
사랑해요
고마워요
말할 수 있으리

어렵고 힘든 이웃에게도
위로의 말 한 마디
걱정하지 마
다 잘 될 거야

돈이 많아야 행복일까요
어느 때나 할 수 있는 작은 행동
그것이 참 삶인 것을

사랑해

물안개 피는 호숫가
주마등처럼 스쳐가는 아련한 기억

내가 처음 만난 그녀 향기
변함없는 미소
여기서 또 만나네

지난 날 많은 사연
고단하면서도 달콤했지

이제 서로 등을 맞대고
믿음이 힘이라는 걸 알게 되었네
이 소중한 추억 깨닫게 해준 내 사랑

촌스럽고 우스꽝스러워도
내 사랑 놓을 수 없다면
더 많이 사랑할 거야

가을밤에

나뭇잎 떨어지며
작별의 인사
스치는 바람소리에
짐짓 놀란다

색색옷 갈아입은
물든 잎새
어머니 품 매달려
아쉬움 나누고 있네

이리저리 땅에 떨어져
모이고 흩어지며
형 아우 손잡고
석별의 정 나누는가

바람에 쓸리는 별빛
언덕에 내려
속삭이며 달래주는
잎새 품는 가을밤

뿌리를 알아야지

모시 심고
길쌈하고
신라에서 건너간 씨앗 자란 들판이
무사시노(武藏野) 아니던가

영일만 돌아 울산만 벗어나면
일본으로 가는 뱃길
이시미(石見) 이즈모(出雲) 해안
일본 땅에 나라 세운
신라인 스사노오이코트가
지배한 옛 터전

동해바다 거친 파도 넘어
사시사철 교역
번창하게 이루어지고
철기 농기구 도자기며
불교문화까지
풍요로운 생활 이어져

생겨난 신라군(新羅郡)

수천 년
비바람 몰아치고 출렁이는 바다
역사를 바꿀 수 없다네
신라에서 건너간 문화
씨 뿌리고 자리잡은 곳
오늘도
동해 건너 일본땅에 깃들이고 있다네

봄 물레

겨우내 얼었던
몸과 맘
따스한 봄빛 따라
두부 김치에 소주 한 잔
웃음꽃 피네

내 고향 남쪽 바다
애창곡 흘러나오면
콧노래 흠흠
어깨춤이 덩실덩실

동구 밖 과수원
가지 치는 손길에
움틔우는 새싹
물레 잣는 소리

눈 녹인 들판으로
맑은 물 흐르고

풍년을 맞으리라

세월 따라 가는 한 해
봄 물레가 돌아가네

관상

– 영화를 보고

왕의 얼굴 타고 나는가

이조시대
단종 즉위를 놓고
김종서, 수양대군 세력 다툼
관상으로 풀어보려는
후세 사람들의 치기 아닐런지

영화 대박났지만
호기심 일으킨 관상
성형 수술한다고
달라질 것 있는가
세상살이 안타깝네

적통 대군은
점지된 왕의 자리
관상으로 바꿀 수 없다네
타고 난 운명

외모에 끌려 이리 저리 살아가는 삶
짜 맞추어 살아가는 오늘의 세태

표정은 스스로 만들어 가고
관리만 잘 해도
편안히 다가오는 그런 관상

말의 씨

비, 내립니다

땅을 적시어 기름지게
싹을 틔워
열매 맺습니다

내 입에서
나간 말도
비가 되어 돌아오지 않고

어디선가
자라고 있습니다

사랑의 열매
따스한 마음
온 세상 가득 퍼져났으면…

박동석

1945년 청주 출생. 2012년 『한국현대시문학』 등단. 죽전시문학회 회원. 용인문인협회 회원. 2014년 첫 시집 《시는 말, 말은 시가 되어》 출간.

대지산
무지개
비 오는 불곡산엔
즐거운 눈싸움
죽거들랑 용인에
불 꺼진 국수집
네잎 클로버
기다림

대지산

뼹 둘러 아파트 숲
놀이터보다 조금 큰 동산
이름만 큰 대(大)자일 뿐

2000년 여름
불도저와 포크레인에 깔려
아파트 단지 될 뻔했다지

환경지킴이 이백스물아홉
주민과 손잡아 '땅 한 평 사기' 운동
그나마 요만큼 남아 있다네

소나무 참나무 어우러진 숲은
새와 나비 찾아들어
둥지 트는 생명의 터전

한 자락 수풀마저 밀어버리는
메마른 도회지 사람들이여

대지산은 나무와 풀 꽃 나비 키워가며
맑은 산소 뿜어내는 그대들 숨통이라네

*대지산 : 용인시 수지구 죽전동 소재의 산

무지개

태풍 '카눈' 이 오던 날 아침
하늘엔
아파트 지붕 위로
선연한 무지개 떴네

어릴 적
비 온 뒤에 뜨던 무지개
보 남 파 초 노 주 빨
큰 소리로 노래하며
무지개 뿌리
방죽에 있네
산 위에 있네
아이들은
우겨대며 재잘댔었지

오늘도
선명한 무지개 빛깔
빨 주 노 초 파 남 보

색깔 짚어가며
설레는 가슴
그 시절 생각이 나네

비 오는 불곡산엔

비 오는 초여름
펑퍼짐한 쇠잔등 불곡산
구름에 가려

희뿌연 안개 속
나무와 풀들
내리는 비에 흠뻑 젖어드네

여인네 목욕하듯
그네들끼리 모여

이웃 소식 주고 받으며
새로 난 가지와 잎
보여주고
씻겨주고
마냥 즐거워하겠지

보고 듣고 싶네만

그저
먼발치 서서
내리는 비
바라만 볼 뿐

즐거운 눈싸움

초등학교 넓은 마당
밤새 내려 수북한 눈
하얀 도화지

개구쟁이 아이들
뛰며 놀며
눈 뭉쳐 던지고
도망가고
쫓아가고

맞고도 재미있어
깔깔 웃는 즐거운 눈싸움

제풀에 넘어져 뒹굴다가
하얀 입김 내뿜어
파란 하늘에 구름장 띄운다

죽거들랑 용인에

– 생거진천(生居鎭川) 사거용인(死居龍仁)

옛부터 전해 오길
진천에 살다
죽거들랑 용인에 묻히란다

어디에 살고
어디에 묻히든지
무에 그리 매달리나

땅에 사는 풀과 나무
해와 물 있으면 그만

촛불에 다 녹일 몸
푸른 하늘 한 조각 구름인 것을

불 꺼진 국수집

동네 안길
허름한 상가 모퉁이에
'칼국수집' 새로 생겨

어머니, 며느리 모두 나와
밀가루 반죽하고
멸치 국물 내면
풍기는 그 냄새
골목길에 구수했지

비라도 오는 날엔
칼칼한 칼국수 한 그릇 맛깔나고
추운 동짓날 새알심 든 팥칼국수
절기 찾아 먹었는데

여럿이 가면 자리 없고
자동차 세우기 불편하여
찾는 이들 차츰 뜸하더니

어느 무더운 여름날
찢겨진 간판 아래
식탁이랑 의자 용달차에 실려가고
창문에 불도 꺼져

가게 얻은 빚만 남고
알량한 목돈마저 사라져
장사 접은 칼국수집
어둑해진 골목어귀
정을 팔던 국수집이여…

네잎 클로버

노을 드리운 저녁
탄천길 거닐다가

하얀 꽃 핀
초록 클로버 밭에서

아내는 꽃으로
손녀에게 반지 만들어 주고
손자에겐 꽃시계를…

어렵사리 눈에 띈
네잎 클로버
딸과 아들에게도

또 하나
곱게 펴서
사랑의 갈피에 접어

그 마음
잎새에 담아 준 사랑
모양대로 오래 간직하리이다

기다림

손주들 온다기에
마음 설레어
창문 열고
마루부터 쓸고 닦네

어련히 올까봐
이제나 저제나
마당을 흘끔흘끔
조급증에 지청구 듣다가

'합빠, 함마' 부르며 들어서면
온 집안 들썩들썩
재롱떠는 잔치 마당
웃음소리 넘쳐나네

회오리바람 휘젓듯이
뒤집어 놓고
'안녕' 하고 돌아서면

그래도 아쉬워
언제 다시 올까
기다리는
할머니 할아버지 그 마음.

박춘추

국립철도고등학교 졸업. 육군 대령 예편. 『한국현대시문학』 신인상 등단. 죽전시문학회 회원. 용인문인협회 회원. 주소 : 경기도 용인시 기흥구 동백5로 41 신영지웰아파트 3003동 403호. E-mail : pbomgaul@hanmail.net

나비 한 마리

이제 갓 허물 벗은
하얀 나비 한 마리

때 이른 봄
꽃향기에 힘겨운 날갯짓

듬성듬성 하얀 냉이꽃
노란 민들레꽃 수줍게 너를 반기는데

넓은 경안천 가로질러
힘겨운 여행길 어딜 찾아가니

너의 모습 애처로워
나마저 힘들구나

석성산 올라

용인을 한 눈에
주위에 크고 작은 산 병풍으로 둘러
분지 이룬 아늑한 보금자리
지난 날
희뿌연 연기 내뿜으며
칙칙폭폭 달리던 석탄 열차
신갈 어정을 거쳐 용인역으로
군데군데 햇살치는 마을엔
저녁연기 모락모락 올랐었지

영동고속도로 가로지르고
경부고속도로 내리뻗어
무인 전동차 유유히 달리는
자연 속에 자리한
높다란 빌딩과 아파트
예와 오늘 교차하며
날로 달라지는 용인
맑은 하늘 푸른 들판
무지갯빛 용틀임 눈이 부시네

용인5일장

시나브로 들어선 노점(露店)
하나둘 늘어가더니
금학천 따라 기다랗게
용인민속5일장 펼치었네

생거(生居)진천 사거(死居)용인이라는데
용인에 둥지 튼 지 18년
그새 고향이 되었네
장돌뱅이는 아니라도
돌아오는 장날엔 마음 설레고
백암순대에 막걸리 한 잔…

남사 이동 원삼
허리 굽은 할머니의 푸성귀 선물
까만 비닐봉지 흔들고
금학천 흐르는 물결에
세월과 추억 띄우며
다음 장날 기다리네

할미산성

화창한 봄날
석성산 할미(마고)산성

늙지 않고 영원히 산다는 마고(麻姑)할미
하룻밤에 쌓은 성
오리 세 마리 솟대의 전설

자연지형 이용한 석축 산성
물구멍 토광 건물지 흔적
신라시대의 유물
용인을 알리는 역사교육 현장이라네

아직도 마고할미 혼이 살아
매화 꽃봉오리 터뜨릴 듯
마성터널과 인터체인지 오가는 이들
할미산성 유래를 아는지 모르는지…

*할미산성 : 경기 용인 처인구 포곡읍 마성리 소재(경기 기념물 제215호)

굽잇길 볼록거울

굽잇길 홀로 서 있는 볼록거울
세월이 바뀌어도 한 자리에
노란 차 하얀 차 검은 차
오가는 녀석들
사라질 때까지 보여주고
또 기다리고 맞이하며
금세 비워버리네

자신을 초월했는가
말간 얼굴로 늘 반짝이며
눈앞을 뚫어져라 보여주고
바로 망각하는 너
뭇 인간들에게 베풀기만 하는데
하릴없는 사람 널 괴롭혀도 말 없더라
얻어터져 깨지고서도

굽잇길 볼록거울
모든 욕심 다 버리고

오늘도 묵묵히
그 자리에 서 있네

덧없는 날

오늘 또한 지나가리라

비 맞아 헝클어진 머리
낡은 운동화에 철지난 옷 걸치고
까맣게 그을린 피부 덥수룩한 수염
배만 불룩 나온 중년의 사내
하루의 노동을 끝내고
새우깡에 소주 한 병
볼멘소리라도 지르고 싶어 찾아간 노래방
지불한 예약 시간 지나고
서비스로 준 20분마저 끝나면
어깨 처진 사내는 집으로 향한다
아내는 이미 취침 중
아주 깔끔하게 화장 지우고

오늘을 살아가는 사내는 누군가
내일의 준비는 무엇인가
무대 위의 행동이 실재하는 삶이듯

무대 뒤의 생활도 중요한 것이리
분장을 지우는 배후공간이 필요한 것처럼

돌아설 수도 앞으로 달려가기도
두려운 이 땅의 사내
내일도 역시 이러히 지나가려나…

우리를 절망케 하는 것들

온 국민 어둠에 가둔 잔인한 봄날의 아픔
설레는 봄꽃 소식은 어김없이 왔는데
한꺼번에 우르르 왔다 우르르 떠났다
온통 바람에 뒹구는 낙화 꽃멀미 난다

이웃나라 얕잡아보며
자긍심을 가지고
괜찮은 세상에 살고 있다고 자부했는데
모두가 허상, 위선이 날뛰었구나

해선 안 되는 줄 알아도
나 하나쯤은 괜찮고
이익이 된다면 속임수와 거짓말이 난무
행여 걸리면 재수 없다는 푸념

반성할 줄 모르고
몰지각한 선동꾼의 세치 혀에 놀아나는
한심한 행태의 사람들

너무 멀쩡해서 분간을 할 수 없는
이런 것들이 우리를 절망케 한다
언제쯤이면 치유되려나…

*2014년 봄날(세월호를 바라보며)

봄꽃도 한철

설레는 꽃소식은 이김없이
봉곳이 벙글은 꽃망울들
어우렁더우렁 무더기 꽃에
한 송이의 외로운 꽃으로도
울긋불긋 흐드러지게 피어나
그지없이 아리따운 모습
요염한 자태를 자랑하네
아무렴
봄꽃도 한철인데
꽃이 시들면 나비도 안 온다지
매양 영원한 것은 없으매
봄은 금세 가고
꽃도 쉬이 지려니

손선희

청주교육대학교 졸업. 초등교사 역임. 죽전시문학회 회원.

신두리 앞바다

어서 오라 서둘러 올 그대 아니고
더디 가라 늑장피울 그대 아닌 걸

파도에 쓸려
애달픈 사랑 나누다가
돌아가는 뒷모습에
울컥 모래구슬 토해내며

허물어진 성 다시 쌓는
작은 게의 모랫빛 숙명이여!

詩作

벽이 높기만 한데
한 줄기 빛은 보이지 않고
미궁 속을 헤매는 개미의 산만한 촉수

문은 있겠지
숨겨진 문이 있겠지

간절한 마음 기도에 담아
동트는 아침햇살이 보고 싶어

새날을 맞고 싶은 것이다
쿵쾅쿵쾅 울리는
심장의 고동소리

어디쯤 열차는 레일을 달리고 있는지…

사진 찍기

찰칵 찰칵
각도를 달리하며
찰칵 찰칵

얼굴이 넓어 보여
키가 작아 보여
주름이 너무 많이 보이잖아

"제대로 좀 찍어줘~~"

어이없다는 렌즈

"난 거짓말 못하는데~~~"

아픈 5월

2014년 대한민국의 봄
시퍼렇게 멍들어 그늘 속에 숨죽이고
치마끈 두 손 잡고
나폴나폴 날아오던 봄바람
노랑 리본 읽느라 멀미 앓고 누웠다

얽힌 실타래
끝간데 알 수 없는 무법의 천지였던가
되돌릴 수 없는 시간
야속한 세월호

색소폰이 운다
빈티지 색소폰이 꺼어억 꺼어억
목이 쉬게 울어댄다

모두가 아픈
5월의 어느 오후…

나는

아름다운 장미보다
바람에 흔들리며
풀벌레 벗하는
들꽃이 더 좋다

잎새 부비며 수다떠는
연산홍의 소란스러움보다
나지막이 소리내지 않는
외꽃잎의 채송화가 더 마음이 가고

현란한 네온의 불빛보다
문풍지 사이 새어나는
한 줄기 등잔불의 흔들림을
더 사랑한다

마당가
봉숭아, 분꽃 곁에
하나 가득 햇볕 받아

질항아리 익어가는 된장

나는 꿈꾼다

어떤 보상

몸보신에 좋다는 추어탕
튀김 미꾸라지가 유난히 작다

'어린 놈이 식탁에 올랐구나'

난 그놈 머리와
머리에 박힌 눈과
몸통을 통째로 아작아작 부쉈다

그 놈이 놀았을 논바닥 흙내음과
미안하다는 생각까지
잘근잘근 으깨
목구멍으로 넘겨 버렸다

맛이 애릿하다

그놈이 준 기력으로
그놈을 추억한다면
그놈에 대한 보상이 되려나?

해바라기

부끄러워 고개 숙인 채
무엇이 좋아
왼종일 해를 따라다니나요?

속 태우며 영근 까만 씨앗
그대에겐
아픔의 결정

함박웃음 터뜨리고 싶어도
주체 못할 슬픔

갈망하는 모든 것
인내로 불태우리

책장수 할아버지

손바닥만한 책 3권
명심보감
한자숙어
속담풀이

부채모양 펼쳐들고
한권에 천원 외치는
땀에 젖은 할아버지
지하철이 정차하자 손수레 챙겨
서둘러 내리시네

얇은 어깨에 짊어진 고단한 삶의 무게
총총걸음 옮기는 저 발길엔
지난 가을 즈 엄마가 버리고 간
불쌍한 손자 녀석이 눈에 어른거리는 걸까

세상 걱정
손수레 바닥에 꾹꾹 집어넣건만

자꾸만 고갤 내미는
저 망할놈의 가난…

유성준

충남 연기(현 세종시) 출생. 고려대학교 경영학과 졸업. 『한국현대시문학』 등단. 대한선주(주) 홍콩법인 대표. (전) 죽전1동 주민자치위원장.

雲山

炭川 四季

죽전에 살리라

카톡 스토리

법화산 정상 올라

雪蓮花

東江에 맺은 歲月

雲山

山에 오르니
山은 어디 가고
안개가 바다를 펼쳐
나를 휘감는다

난
하얀 운무(雲霧) 속
하늘을 날은다

아!
이대로 좋은 운산(雲山)

炭川 四季

봄나들이 산책길엔
벚꽃 흐드러져
바람에 휘날리고
잉어떼 사랑놀이 기슭에 일렁이네

매미들 노랫소리
귓전에 철렁이고
시원한 물소리 따라
짙은 그늘 드리우네

잠자리떼 무리지어
가을 하늘 날으고
바람부는 갈대밭은
달빛에 반짝인다

눈 덮인 탄천변
양지바른 냇가엔
새끼오리 서너 마리
한가로이 졸고 있네

죽전에 살리라

새소리
물소리 좋아
竹田 산 지 어언 십여 년

炭川에 잉어떼 무리지어 노닐고
벚꽃 흐드러져 황홀하다

대지산, 법화산
봄, 여름, 가을, 겨울
발길 따라 오르고

법화산 올라서니
이 세상 저 세상 한눈에 보여
하늘에 오른 듯 가슴 트이네

카톡 스토리

여기 저기
카—톡 카—톡
방정맞은 소리

밤낮없이
카—톡 카—톡
별의별 것 다 올리고

좋다는 글
홍수같이 넘쳐나네

마음 담긴 목소리 대신
카—톡으로 인사하는 세상
씁쓸한 마음

情이 묻어나는
목소리가 그립다

법화산 정상 올라

산등성 올라서니
이쪽은 이승이요
저편은 저승이라

장인어른, 장모님
존경받던 김수환 추기경님
여기 계시네요

死居용인의 명당
철쭉꽃 단장한 幽宅
이승보다 평온하다

삶과 죽음이
등선 넘어 이웃인데
해지면 달 뜨듯
세월 따라 가야 하는
인생 길

법화산 올라서니
한눈에 다 보이네

雪蓮花

알아주는 이 없고
내 이름 몰라줘도

봄이 오기 전
눈 덮인 산비탈에
홀로 피렵니다

산수유 매화꽃에
첫사랑 빼앗겨도
그대 보고 싶어
연꽃처럼 피우리라

봄이 오면
님은
날 보러 여기 오리니

그대 올 때까지
봄소식 전하며

기다리리라

*설련화는 복수초, 얼음꽃이라고도 불리운다. 유래는 일본의 안개성에 아름다운 여신 구노의 아버지가 구노를 토룡의 신에게 시집보내려 하자 구노는 자취를 감추었고, 화가 난 아버지는 찾아 헤매다 딸을 찾아 풀로 만들었는데 다음에 보니 딸같이 아름다운 노란 꽃 '설련화'로 변했다는 전설에서 유래.

東江에 맺은 歲月

東江에 노 저으니
백로 두어 마리 날아들고

푸른 山 그림자
강물에 비추이네

레프팅 물놀이에
친구들 웃음소리
젊은 시절 돌아간 듯

東江에 발 담그니
흐르는 물빛 하늘에 닿아
歲月이 맺는구나

이경숙

1949년생. 경인교육대학교 졸업. 41년 교육공무원 정년퇴임. 죽전시문학회 회원.

먼동이 트려나
봄을 달려라
아닌 걸 알아
돌섬
텃밭에서
비파담 만풍
어비리 동도사
탄천을 걷다

먼동이 트려나

차가움 견뎌내는
외로운 그 자리
담담히 서 있는 가로등아
고단한 옷자락 여미는
파리한 모습 안쓰럽구나

매정한 칼바람 마주하고
온몸 흔들어 우는 나무야
속 깊은 가슴 한 켠엔
숨겨 둔 여린 잎새 어찌 하려나

차디찬 밤
시퍼런 강물 거슬러 올라
곧게 뻗은 길 위에 서서
애써 밀어낸 손목 잡아보리라

스산한 어둠
수런거림 가득한 추운 밤

눈물조차 반짝이는
저 산등성에도 붉으레 동은 트려나.

봄을 달려라

봄 오는 소리 설핏 들려
아른거리는 불빛 따라
서둘러 가는 자동차
캄캄한 어둠도 익숙하게
간단없이 달려가네

다가오는 빛의 행렬
추웠던 겨울 훌훌 털고
옅은 안개 속으로 내달으며
파릇한 봄을 이고 개울을 떠가네

먼 산 봉우리 어김없이 해가 뜨려나
사위어가는 불빛 그늘에
날아드는 꽃향기
봄을 달려라
봄길을 달려라

아닌 걸 알아

죽었니 살았니
납작 엎딘 풀대궁

감쪽같이 내 눈에 안 보여도
여린 잎새
감추고 남몰래 웃지
너
거기 있는 줄 내 모를까 봐

연둣빛 혓바닥
쏘옥 내밀고
짙은 녹색 이파리 펼쳐
여름 내 힘든 세상 휘저을 두 팔

움츠린 겨울
얼어붙은 땅뙈기
아무것도 없는 척 시침 떼지 마
보이는 게 다 아닌 걸 알아

돌섬

깊은 바다 솟아난
커다란 바윗덩이
바람벽 내려놓고
돌섬이 되었나

진종일 갈매기 울음 토하는데
시퍼런 파도 위에
허연 물거품 베어 물고
말없이 그 자리 지키고 있네

지천으로 피워내는 해당화
바다의 향 뿜어내며
늙은 소나무 하나 살고 있는
작은 돌섬이 있었네

텃밭에서

뒤돌아서면 돋아나는
극성스런 잡초 속에
신통방통
새록새록 살쪄가는
오이, 가지, 토마토

윤기 자르르
통통한 아욱
구수한 보리새우 된장국
입안 가득
쌉싸름한 쑥갓, 상추쌈
청양고추 잘게 썬 매콤한 밥상

여름 알리는 훈훈한 바람
유월의 향기 속에
뻐꾸기 울음
작은 텃밭에 메아리치네

비파담 만풍(晩風)

맑은 공기 가득한 정광산 자락
약천 남구만(南九萬) 선생 낙향한 갈담마을
정자 짓고 비파 타며 경치 즐기고
비파담(琵琶潭)이라 이름했다지

갈담리 서쪽 계명산 지나
굽이쳐 흐르던 시냇물
아른대는 산 그림자에
물오리 한가로이 놀았다는데
우산 정자는 간데없고
저만치서 백로 한 마리 외다리로 서 있네

저녁나절 늦바람 만풍(晩風) 잦아들고
건너편 정갈한 고택 한 채
'동창이 밝았느냐'
약천의 시조 가락 맴돌고 있었네

어비리 동도사

물고기 살찐다는 어비(魚肥) 저수지
먼 산 겹겹이 포개져
물가 맴돌고
수몰된 어비울마을 기리는
영세불망비 혼자 서 있다

임진왜란 때 불타 버린 금단사
석불좌상 모셔놓은 동리 사찰
차장업(車莊業) 거사 동도사로 이름하니
신라 삼층탑 스치는 햇살 말갛고
실바람에 춤추는 연등이 곱다

금당 앞 석조 용왕상 내뿜는 약수
찾는 이 목마름 풀어주고
서녘 하늘 토해 놓은 붉은 해
물속 타오르는 어비낙조(魚肥落照)
동도사 풍경소리 어린다

탄천을 걷다

잉어떼 한가히 노닐고
오리가 짝지어 머무는 탄천
삼천갑자 동방삭이 살았다는데
숯 씻던 그 자리는 어디쯤일까

머릿결 스쳐가는 달콤한 바람
벚꽃 흐드러진 가지 끝 앉아
꽃잎 흔들어 입맞춤하고
빌딩 사이 내려온 달빛
가던 길 멈추고 서서 뒤돌아보네

초저녁 매달고 페달 밟는 자전거
강아지도 좋아라 따라나서고
하루치 무게를 바람에 날리고
동방삭이 찾던 숯내, 탄천을 건네

이병구

강산수목원 대표. 『한국현대시문학』 등단. 죽전시문학회 회원. 2014년 첫시집 《사랑의 마디》 출간.

가뭄 끝에

밭이랑 푸석푸석 타 들어가고
추녀 끝에 앉은 참새 눈물
지렁이 오줌까지 아쉬운 가뭄

텃밭에 야채는 오갈병들어 마르고
한 모금 밤이슬 마시고 일어서다
이내 시들어 애간장 태운다

하늘엔 조각구름마저 보이지 않고
땡볕만 쏟아져 내리는데
오랜 가뭄에 마음까지 메말라간다

유월 달력 펼치던 첫날
빗방울 감질나게 조금씩 내리더니
후덥지근한 땅바람에 남풍 불고

지붕 타고 주룩주룩 내리는 빗물
밤새도록 땅을 푹 적시고
생기넘치는 초록빛 여름을 펼치네.

모기

여름에 지옥 탈출했나
앵~앵 싸이렌 소리내며
해질 무렵 나타나 기습공격

밉살맞게 얄미운 모기
잠든 침실 몰래 들어와
온몸 콩멍석 만들어 놓고 도망치네
허허 조그만 미물이

어둠 속 날아다니며
맨살 찾아 내려와 쏘아댄다
근지럽고 따가워 벌떡 일어나
환하게 불을 밝힌다

납작 엎드려 몸 숨기는 놈
밤잠 설치고 화가 잔뜩 나네
찾았다, '퍽' 손바닥치는 소리
벽지에 빨갛게 물들여놓고 피 그림 그렸네.

세월호의 탄식

허울만 멀쩡한 낡고 녹슨 배
어른들 믿고 몸 맡긴 어린 아들 딸들아
부끄럽고 허탈하여 고개를 떨군다
어이 할꼬, 명치끝 저리는 이 아픔을…

원망스럽다 그렇게 많은 목숨 실어 나르던
산만큼 덩치 큰 배 겉만 보고 탔겠지
늙은 선장 잠자고 신출내기 '키' 를 잡은 것
그 누가 알았으랴, 상상이나 했겠는가

남의 영혼까지 갉아먹는 인간벌레들
사람 목숨보다 돈이 먼저라는
망할 것들의 거짓과 탐욕
뻔뻔한 얼굴에 소름이 끼친다

어물쩡 등치고 대충 넘어가
책임도 감당도 못하는 짓거리들
꼼꼼히 점검만 했더라도

이렇게 목메어 울지는 않았으리라

어쩌면 좋은가, 여의호(號) 타고 계신 분들아
법 만들고 새로 고쳐 백성 눈물 막아다오
말로만 봉사하며 철밥통 찬 수단꾼들아
건성건성 넘어가는 어설픈 짓 그만하고
서릿발 공권력 세워 백성 생명 살펴주오.

봄

봄 달려오는 소리
실바람 지나는 길목
햇볕은 따사롭고 눈부셔라

멈칫거리는 찬바람 등 떠밀고
마주하는 솔솔바람 첫인사 나누며
햇살 포근한 품으로 봄이 안기네

봄 맞으려 고이 품은 돋움 망울
여린 싹 고개 들어 실눈 뜨고
연둣빛 잎새 야들야들 피어난다

꽃망울 움켜쥐고 졸던 꽃들
모두 흔들어 깨우고
벌나비, 새들도 다 모여라
봄노래 부르며 꽃잔치를 열어보자.

어르신의 미소

서둘러 병원 가는 발걸음
힘없는 낮은 목소리
인자한 모습이 떠오른다

꼭 잡은 손, 야윈 눈가
주르륵 흐르는 어르신 눈물
고맙네, 자네와 함께했던 지난 날

몸속에 암이 자라는 것 알고
기도를 드리러 오셨단다
미소짓는 성직자의 모습이다

암과 벗한 지 4년이나 흘렀는 걸
머잖아 아픔마저 내 곁을 떠날 텐데
조용히 모두 내려놓고 떠나는 길
그곳은 정녕 사랑이 넘치리라.

초여름 숲속

초록 덮인 숲속에
뻐꾸기 녀석
산등성 나뭇가지 앉아

봄 밀어내느라 뻐꾹뻐꾹
성가시게 소리치더니
봄님 노여워 떠나가고

날쌘 꾀꼬리
녹음 사이로 날아다니며
청아한 노래 온산에 울린다

아카시아 탐스런 줄꽃송이
짙은 향기 듬뿍 쏟아내
달큰한 내음 골짜기를 메우네.

파리

파리떼
더러운 곳에 발 담가
멋대로 옮겨다니며 핥고 코댄다

밥상머리 날아와
휘젓고 다니는 놈
너, 어데 앉았다 왔느냐
생각만 해도 더럽고 역겹구나

쫓아내도 뺀질거리고
끈질기게 날아와 붙어
손바닥 마주쳐 잡으려면
손가락 사이로 도망치고

파리채 집어들어
탁, 소리로 끝나는 목숨
썩은 곳 찾아 몰려들어 쉬 까리고
똥 좋아하는 놈은 너밖에 없구나.

하루

어스름은
태양을 삼키며 잠들고

새벽은
칠흑의 밤을 털고 일어나며

한낮은
뭇 생명이 요동치며 살아가는데

노을은
겹겹 쌓인 날을 감싸안는다

짧은
하루가 세월이라면

오늘이
허락한 만큼 감사하며 살아가리라.

이선균

2010년 시 전문 계간지 『시작』 신인상으로 등단. 동국대학교 문화예술대학원 문예창작과 졸업. 한국예술인복지재단 pro-artist. 한국작가회의 회원. 한국글쓰기연구회 회원.

낮달

먼 물결 너머
아스라이 날아간 여름새 한 마리.
억새밭 쓰러지며 흐느끼는 소리.
빈 바람 속 그대 옷깃 스치는 소리.
모슬포 어룽이는 눈망울.
흘러가는 하얀 뱃고동 소리.
잔물결 이랑.
아슴아슴 돋는 이른 별.

꽃의 악장 지나

파르라니 눈뜨는 씨감자한테서 배운다.

절반을 도려내야 전부를 얻는 법
절망의 뿌리 끝에서 희망의 열매 맺히는 법

시골집 스킬액자 속 家和萬事成 가훈,
감자를 심으며 연주한다.

절망을 도려낸 어머니 한숨소리 배경음으로 깔리고
불협화음 아버지 고함 한 옥타브 넘어갈 때
멧비둘기 울음 엇박자로 추임새를 넣는다.

나비떼 하얗게 날아오르는 꽃의 악장 지나
휘몰아치는 폭풍우와 뇌성의 음역 지나

절반을 천 번은 버린 듯
쪼글쪼글한 당신 빈 젖에
알알이 매달려 있는 자식새끼들,

미완성 악보가 줄줄이 따라 올라온다.

색깔론

고백하자면 나는 뼛속까지 빨갛다
나의 과업은
이념이라든지 색깔이라든지
유폐시켜둔 존재의 기억마저 지워버리는 것

고백하자면 나는 태생부터 불가촉천민의 피
나의 본질은
시니컬한 과즙 냄새와
끈적이는 형체마저 온전히 은폐시키는 것

고백하자면 나는 마지막 로맨티스트
있는 듯 없는 듯 작은 풀꽃 같은
내 여린 향기로
구두라는 그대의 하루가 눈부실 수 있기를

흑자둣빛 구두약의 열망이 황홀히 휘발될 수 있기를

전곡리 선사유적지에서

전곡리 선사유적지 전시장에서
'나무를 삼킨 용암' 을 만났다.
아무렇게나 일그러진 먹돌멩이 속
올벚나무가 거대한 연필심처럼 박혀 있다.

수십만 년 전,
땅거죽 뚫고 솟아오른 용암의 아가리
올벚나무 삼킬 때, 올벚나무가
불뱀처럼 꿈틀거리는 용암의 목덜미 휘감을 때,
천형처럼 검게 타버린 숯가슴.

활활 타오르는 정념 속에서 까무룩히
숨줄 놓아버린 나무.

그 나무를 다시 휘감고, 능소화 피어올라
전시장 밖 잔디밭에서
수십만 년 계절을 기록하고 있었다.

나무와 용암 절정의 그 순간을.

솜꽃

단 하나의 꽃인 줄만 알았네.
초등학교 마당귀 플라스틱 화분에
몽글몽글 피어나 부풀어오르던,

유난히 뜨겁던 그해 여름은 시들었네.
찬란히 방사하던 대낮의 태양은
어디에서 그렇게, 그렇게
녹슬고 있는지, 수상한
먹구름, 떼지어 몰려오네.

우주를 감아돌던 보드라운 순간들아
이름 부를 수 없는 바람아
이 환장할 가을아
마지막 숨결 온몸으로 뿜어 올려
가슴 빠개고 토해내는
이 면화를 꽃이라고 부르지 마라.
세상에서 가장 따스한
단 하나의 꽃인 줄만 알고

부서져 버릴 시간을 마른 뿌리로 움켜쥐며
소리 없이 너를 부른다.
눈부신 유언 같은 한 줌 솜뭉치
손가락 끝으로 짚어보면
오래오래 기다려야 할,
까맣게 타버린 그리움 한 알 만져질 것이니.

독감

독감으로 찾아든 당신
생강을 우리며 묻습니다.

당신,

천국과 지옥을 하루에 다 앓아본 적 있으신지.

내 모세혈관을 순회하며, 오한으로 스며들어
알몸을 훑치고 돌아누운 당신,
그리고 나

매운 침묵의 회오리—
제트기류의 블로킹!

유리잔 속 우련히, 붉은 향으로 번지는 당신
아찔한 내 몸속 냉기를 녹여주시네.

생은 이렇게 우려낼수록 깊어지고 은은해집니다.

순하게 타오르는 밤 속의 밤
따뜻한 겨울이 쏟아져 내릴 듯한

흑야

폭설의 시간을
올리네.
얼어붙은 도시,
클로로포름에 취한
의식, 잃어가는
죄,
흰 가운들, 금속성 웃음소리,
수술도구 집어 드는 소리,

흔들리네.
은촛대 위 눈꽃 조화들,

없네. 예쁜 사진,
꼬물거리는,
손가락 없는,
없는 입술,
없는 발가락,
준비하고 있는,

탁구공만한 분홍
숨결,
흘
러
내
리
는
……,

그 기억의 감옥을
또
올리네,
밤의 제단에.

물집

이천일 아울렛에서 데려온
소가죽구두,
비육의 세월 다 갈아엎고
살과 피 다 내어주고
신이 되어서도
되새김질의 근성 버리지 못하는구나.
쇠메로 두들기고 무두질해 보지만
주먹밥처럼 뭉친 신문지 덩이 양껏 먹여주고
등을 쓸어주고 살살 달래도 보지만
발뒤꿈치를 물어뜯고야 마는구나.
이젠 고집을 내려놓을 법도 하건만
내 뒤란에 물집을 내고야 마는 질긴 습성이라니.
어찌할 수 없이 나는
너를 버린다.
그러니 이제는 안녕.

아, 가벼운 두 발.

이찬주

1958년 충남 공주(현 세종시) 출생. 『한국현대시문학』 신인상 등단. 청주 사범대학 음악과 졸업. 중학교 음악교사 역임. 한국현대시문학연구소 연구위원.

꽃멸미
달빛소리
닮아서
마음 물들이기
봄산
아버지의 서책
옹알이
아주 먼 소리

꽃멀미

– 용인 에버랜드에서

꽃제물을 바친다
봄은 대지에게

어쩌자고
이 많은 꽃을

어지럽다
어지러워 꽃들로

봄을 어루만진다
사신으로 온 벌나비

달빛소리

달빛소리 매정하여
겉문 중문 다 잠그고 잠을 청했네

소나무에 앉아있던 은빛소리
창가를 기웃대며 다빡거리다

팔 길게 내밀어 헤집는 손
사부자기 그림자라도 내 방 안으로

*다빡거리다 : 앞뒤를 헤아리지 않고 함부로 행동하는 모양
*사부자기 : 남몰래 가만히

닮아서

자꾸만 가고 싶다
멀리서 뵈는 산
엄마 얼굴 닮아서

자꾸만 만지고 싶다
저만치 뵈는 산
엄마 젖가슴 닮아서

자꾸만 보고 싶다
숲속 꽃이파리
엄마 눈웃음 닮아서

자꾸만 듣고 싶다
바람결 나뭇잎 호록호록
엄마 자장가 닮아서

마음 물들이기

봄빛을 우려내었다
노오란 꼭두서니 열매로
햇살 한 줌 얹어 따사롭게

아칫거리는 마음 담가 본다
황홍빛 도는 물감에
마음 날줄 한 올
생각 씨줄 한 올

하얗게 잊혀진 지난 날
조물조물 노랗게 물들여
널따란 마당에 펼쳐 놓으면

들판에 생명 모두
바람에 불려와
꽃나비 초록풀 섬섬한 것들
나릿나릿 물들여 준다.

봄산

– 용인 정광산의 봄

봄산은
손주 둔 할미 맴이다

홀아비꽃대 꽃이파리
하얀 명주실꾸리로
보랏빛 골무꽃 손가락 끼고
손녀 주희 저고리나 지어 줄까

은방울꽃 쬐그만 입술
옹알옹알 봄산 울리고
지칭개 뽀리뱅이
움쑥 자라 우쭐댈 때
보일락 말락 연보라 꽃마리
봉오리 트일 적 아팠겠지
봄까치꽃 연둣빛 심장소리
사랑 그린 모양새에
쇠별꽃 방가지똥
순한 눈 들어 봄햇살을 본다

*홀아비 꽃대 민백미꽃 찾아 길도 없는 용인 정광산 정상에 오르다.

아버지의 서책(書册)

– 용인 갈담리 들판에서

낫놓고 'ㄱ' 자도 모르는 아버지
논바닥 줄 띄우고 칠판삼아
반듯 반듯 글을 쓰신다

연둣빛 연필
또박 또박 지난 자리
자로 잰 듯 써내려간 풀빛 글씨

"건강하게 크거라
올바르게 자라거라"

날마다 햇살 같은 눈길에
날마다 빗살 같은 손길에
누런 금싸라기 들판으로

탈곡기 지우개로
차륵차륵 지난 자리
논바닥 검게 남은 아버지의 글
"사랑한다 사랑한다"

옹알이

– 주희 돌잔치

꽃들이 야단이다
주희 돌날.

봉숭아 꼭두서니
여름밤 물들이고
초롱꽃 하얀 박꽃
높다라니 꽃등 달아라

족두리 뻐꾹나리
폭죽을 터뜨리고
나팔꽃 메꽃은
노래를 불러라

솜다리 수레국화
들러리 서거라
까마중 붉은 꽈리
선물을 준비해라

하늘타리 새모레덩굴
더엉실덩실 춤을 춰라

아주 먼 소리

– 용인 민속촌에 가서

옴팡집 눈 녹는 지지랑물
탑세기 씻어 내리는 소리
배꼽마당 추억 덩저리
건깡깡이로 풀치는 소리

버그르르 솟아오르는 여물죽소리
쇠풍경소리 아렷한데
살얼음바람벽 문풍지
곕곕 울리는 소리

선유동 망골할배 기침소리
예까지 들리네
아주 먼 소리

*옴팡집 : 작은 초가집
*지지랑물 : 비가 온 뒤 썩은 초가집 처마에서 떨어지는 검붉은 빛깔의 낙숫물
*건깡깡이 : 별다른 목표나 재주도 없이 건성으로 하는 짓
*풀치다 : 돌려 너그럽게 용서하다
*선유동 : 충남 공주에 있는 고향마을

임기선

숙명여자대학교 교육대학원 졸업. 초등학교 교원 역임.
죽전시문학회 회원.

고향집

내 고향 푸른 하늘
나지막한 동산 아래
꿈을 안고 정다웁게 살던 집

어느덧 떠나온 세월
바람같이 흘러갔네

앞만 보며 살아온 삶
무거운 짐 내려놓고
고향의 흙냄새 그리워하네

뒤뜰엔 감나무
앞마당엔 대추나무
바람에 흔들리는 모습

어머니의 손길
장독대 옆
봉숭아 맨드라미 국화꽃 향기

그 옛날 고향집
눈에 어린다

이제는

색감으로 그림 그리듯
시를 쓰고

사랑과 그리움
꽃과 새도 그리며

고통 아닌
즐거운 마음으로

가고 싶은 먼 길도
낯선 공간의 풍경도
사방이 모두 내 것이니

이제는
쓰고 싶은 글

삶의 의미로 다가온다

충렬서원

선조들의 올곧은 숨결
살아 숨쉬는 고장

용인시 모현면 능원리에
포은 정몽주
정암 조광조의
학덕과 충절을 추모하는
충렬서원

지나온 역사 속
선현들이 걸어온 발자취
민족정신의 귀감으로
아름다이 새겨지며

그 혼과 맥이 이어져
값진 문화유산으로
후세에 전승되어 오네

등잔 박물관

그 옛날
어둠을 밝히던

역사 속의 등잔
아름다운 민속품들

조상의 삶이
고스란히 담겨 있네

편안한 마음으로
장인들과 대화를 나누며
생각에 잠기네

어릴적 시골 외갓집
할아버지가 등잔을 켜시면
등잔 불빛은 방안을
환하게 밝혀 주었지

기억 속 살아 있는
등잔들이 한 곳에 모여

오늘도 마음의 등불로
귀중한 문화재로 숨쉬고 있네

봄의 문턱에서

겨울 지나 입춘
봄의 문턱에 선다

아직도 물빛은 차갑지만
파릇한 땅속 기온은
봄빛을 만들어가고 있다

탄천의 땅버들이
봄날을 재촉하듯
망울 망울 터지고

향기로운 봄내음이
바람에 실려
여린 풀잎으로 돋아난다

초목이 피어나는
아름다운 계절

따스한 봄기운이
코끝으로 다가와
가슴 날개를 편다

봉당뜰 선인장

봉당뜰
햇살에 비친
아름다운 자태

오랜 세월 견뎌내고
몇 년에 한 번 핀다는
선인장 귀한 꽃

어느 날 소리도 없이
하얗고 탐스러운
꽃을 피웠네

우아하고 화려한
만개한 모습
아름답기 그지 없구나

넓은 잎 돋힌 가시
사랑 정열 듬뿍 담고

한 떨기 꽃으로 전하여 주네

행운을 가져다 준
예쁘고 하얀 선인장 꽃
오랫동안 곁에 두고 보고 싶으이

설악산 계곡

맑은 물에 발 담그니
물빛 속에 구름이 일렁이네

하얀 바위
부서진 모래가
은빛으로 빛나고

계곡 따라 나리는 물
나뭇잎 띄워 노래를 하네

소나무 아래
둥그런 너럭 바위
돗자리 없이도 둘러앉아

시원한 참외 수박
물속 띄우고
그늘에서 오순도순
웃음꽃을 피우네

그 누가 일렀던가
산중의 산 빼어난 계곡
설악을 만나 더위도 시름도
모두 날리네

인생의 칼라

서서히 바뀌어 가는
느낌과 감정
표현의 칼라

젊은 시절은
푸르른 불루톤

연애할 땐
강렬한 레드톤

이제는
지나가는 아이들에게
미소를 보내는
따뜻한 핑크톤으로 변했네

훗날
백발노인 되었을 땐

메마르지 않은
아름다운 실버톤으로 장식하리

인생의 칼라
그 아름다운 의미를 되뇌어본다

최영희

죽전시문학회 회원

봄 사세요

깔깔대며 환장하며 웃는
만화방창(萬化方暢) 북 치며 노래하네
봄 사세요
하늘에는 우레
눈보라 속에서도
기화요초(琪花瑤草) 삼라만상 어울림으로
봄은 공짜 꽃주식을 고루 나누어 주네
봄 사세요

갈대의 노래

푸르른 날들은 다 지났다
별에 오르지 못한 갈대에게
달빛은 비추이고
한 세상 사노라면
성난 바람에게
쓰러질 듯 일어나는 群舞를 배웠다
눈보라 속에서 서걱서걱
난 혼자가 아닐세
어깨를 마주잡고 눕지 말자는 결의
아버지 닮은 갈대
하늘 향해 직립하는 順命
뿌리에서 돋아나는 놀라운 輪廻
갈대는 희망의 노래를 부른다

붓다와 마르크스의 만남

노동의 형제 마르크스여
벌이 꽃의 꿀을 따며 노동을 하네
벌의 임금은 얼마인가
붓다가 묻는다
마르크스는 가부좌를 풀고
해우소를 향한다
뗑~그렁 뗑~그렁

서울역의 두 얼굴

서울역 투명한 유리건물
태양의 빛을
쪼아먹는 회색 비둘기떼

텅 빈 화단 질항아리 닮은
철지난 누더기 옷 번뇌의 배낭
떠도는 바람 머무는 구름들

술은 목구멍으로 흘러
유일한 위안의 독
고독한 수염에 잠든 그 얼굴

장난감 손을 펴고 적선의 손
주여! 저들도 형제라고 부를 수 있는
용기를 주옵소서

광란의 불빛 회랑을 따라
풍요에 미다스 손이 춤을 추는 롯데
서울역의 두 얼굴

시인에게 부치는 편지

삼백육십 일
故 일만오천여 별들이
내 손에 내 별을 떨구고 빛이 졌소
손바닥만한 빛도 숨는 지하에
별들은
지상에 보금자리를 꿈꿨소
철옹성은 하늘을 향해 솟고
故 세모녀 별이 번개에 빛이 졌소
시인이시여! 이 대지에 거울을 보시오
별들이 지지 않는 세상을 위한
망치로 시를 쓰시오

지하 음악실

벌집 지하 쪽방
청춘의 날들이 지난 이
색소폰으로 세월을 탄다
늙고 고독한 그대
안단테의 옛 노래는
남은 세월에 태엽을 돌려주마
욕망도
세월도
강물에 비친 달 그림자

코뿔소 외뿔

갈대꽃 머리에 피고
주름진 내 얼굴 내 칠순
연금 받은 그날
워낭소리 영화보며 내 손 꼭잡던 그대
내 어머니 닮아
웃고 있어도 코뿔소 외뿔 같은 여자
등 굽은 조강지처

엄마생각

양키 물건 광주리에 이고
단골집 골목길을
떠도는 허기진 구름으로 돌고

초콜릿 양담배 츄잉껌 커피
파출소 바닥에 증거물로 흩어져 있다
엄마는 철제 의자에
웅크리고 앉아
경찰은 자꾸 대라! 대라! 다그쳤다

하얀 봉투를 건네주고
텅 빈 광주리만 손에 들고 집에 온 엄마

나는 무서웠다
텅 빈 공책이 무서웠다

최해복

1952년생, 경북 포항 출신, 『한국현대시문학』 등단. 대한항공 정년퇴직, 죽전시문학회 회원

짝사랑

술맛 익었을까
머뭇머뭇 말 못하고
애타는 마음
가끔 뚜껑 열어보며
깊고 그윽한 내음
혼자서 들이키네

그대 낌새
아랑곳없이
잔뜩 취하여
둥실둥실 구름 타다
내려앉는 가슴앓이
관객도 없는
모노드라마

문수산 마애보살상

가엾은 중생 구하러 온
지혜 밝혀주는 문수보살
자비 일깨우는 보현보살
문수봉 벼랑 큰바위에
마주보고 서 있네

그윽한 눈매
묻어나는 너그러운 마음
금세 하늘 오를 듯
나풀거리는 옷자락
찾아온 나를 반기며
입가에 띠우는 미소

쏟아지는 햇살
아지랑이 피어오르는
봄기운 가득한 원삼 들녘
풍년을 기약하고
흐르는 세월 헤아리네

*문수산 마애보살상 : 용인시 처인구 원삼면 문촌리 산 25번지 소재

꽃샘추위

글 깨우친 할머니 글씨
들쭉날쭉 삼월 초 날씨
아직도 머뭇거리는 겨울
움트는 나뭇가지 위에
눈꽃 피울 기세

뿌리내린 어린 풀잎
선불리 얼굴 내밀다
꽃샘추위 사나운 심술보에
화들짝 놀라 움츠려드네

생동감 넘치는 도시
잿빛 베일에 싸여
무거운 침묵 밀쳐내고
옷깃 세우고 오가는 사람들
'봄 왔지만 봄 같지 않다'
한 마디 던지고 종종걸음

겨우내 그늘진 곳 보듬는 햇볕
지난 밤 내내 잠 설친
뜰 앞 솜털 봉오리 목련
살랑대는 봄바람 소리에
살포시 눈을 뜨네

봄날은 가네

맑은 물소리
초록 그늘 아래
정겹게 주고받는 술잔
세상사 모두 잊네

술 취한 벗
어느새 잠에 빠지고
봄 향기 흠뻑 젖어
나 홀로 흥겨운 콧노래

붉은 복사꽃
물 위에 떨어지니
우짖는 새소리도 아쉬운
아, 봄날은 가네

초록 잎새에 빗방울

이른 아침 내린 이슬비
초록 잎에 빗방울 맺어놓고
모퉁이 돌담 위 거미줄에
조롱조롱 은방울 달아놓았지
햇살 먹은 방울 들여다보면
또 하나 둥근 세상
거꾸로 품은 하늘과 흰 구름
아롱거리는 진초록 물결
웃음 띤 내 얼굴도 들어있네
작은 물거울 담긴 경취(景趣)
내 눈은 무아경에 빠지고
스쳐가는 얄미운 바람
하나둘 방울 떨어지니
잠깐 떨림에도 안타까운 여운
한바탕 꿈, 이다지 신비로울까!

봄마중 산길

솔 내음 가득한
가파른 산길 오르니
능선 타고 불어오는 바람
쌓인 잔설 걷어내고
겨우내 품어 온
여린 새순 어루만지네

얼음 풀린 실개울
정겹게 흐르는 물소리
버들개지 겨울 잠 깨우고
따사로운 햇살 반기는 산새
짝지어 부산을 떨며
시끄럽게 휘저어 놓는 숲

운치 있는 이슬비
밤 고양이 걸음으로
가만가만 다가오는 봄
흠뻑 젖은 나뭇가지

하나둘 기지개 펴니
봄산길이 부풀어 있네

탄천의 겨울 서정

솔가지 앉은 눈
바람살 지나가니
은가루 날리고
햇살 품은 탄천
자오록 피는 물안개

겨울손님 청둥오리
한가롭게 떠다니고
살얼음 속 잉어떼
느린 몸놀림

정답게 팔짱 끼고
미소 짓는 연인들
주고받는 사랑 이야기
마음에 안고 가네

곱다란 저녁놀
눈 앞에 사라지면

물결에 일렁이는 불빛
어둠에서 반짝이네

포은선생 묘소를 거닐며

기울어가는 왕조
바로 세우려고
탁류에 담그지 않은 절개
맑은 피 선죽교 물들였지

초라히 송악에 묻힌 주검
부모곁 선영으로 가던 길
바람에 명정이 날아 앉은
아늑한 능원리 자락

우뚝 서 있는 소나무와
수련 떠 있는 조그만 연못 속
노니는 하얀 나비 한 쌍
고결한 넋이런가

홍살문에 걸려 있는 저녁놀
숲 흔드는 까마귀 울음까지

임의 단심가 들리는 듯
무거운 발걸음 옮겨놓네

*명정(銘旌) : 죽은 사람의 관직과 이름을 쓴 깃발

표석화

서울 출생. 경인교육대학교 · 한국교원대학원 졸업. 교육공무원 정년퇴임. 『한국현대시문학』 등단. 죽전시문학회 회원

고추 속 간장 국물
시인의 손수건
꽃보다 꽃신
집으로 돌아오는 길
평화를 빕니다
하늘나라 간 친구야
용인5일장
행복나무 화분

고추 속 간장 국물

서로 마주보고 앉아
도시락 먹는다

교무실에서 동료들과
서로 반찬 나눠 맛보며

간장 담근 고추 한 입 물었다
앞사람 얼굴에 간장 총 쏘며

정겨운 점심시간
웃음이 넘치고

가위로 뎅강 뎅강
칼로 싹둑 싹뚝

짭쪼름한
간장 담근 고추만 보면
간장 총 쏘고 싶네

*주 : 용인 양지초 추억

시인의 손수건

시가 쓰인 손수건이 내게로 왔다
손을 씻고 시가 있는 손수건으로
물기를 닦는다

조심스럽게 시가 스며들도록
가방에 넣고 다닌다

가방 가득 시가 담기도록
소중하게 간직하는 손수건
손수건이 성스럽다

신부님이 성호(聖號)를 그으신 성물(聖物)처럼
巨大한 뿌리를 새긴 한 장의 손수건

김수영의 시가 손수건을 펼칠 때마다
내 마음 속으로 날아들고 있다

꽃보다 꽃신

– 죽전시문학회 시낭송회를 마치고

축하해요
예쁜 꽃 모아 다발 만들어
기쁨 전해요

꽃다발 주고 받는 기쁨
정 주는 행복

생일
결혼기념일
졸업식
주고 받는 날 많다

시 낭송회
바람 쐬러 오세요
용인 죽전 야외음악당이에요

초대 받은 이 빈손으로 못 오시는군요
가볍게 여름밤 즐기시면 되는데

한복 입고 시 낭송할래요
머리 예쁘게 다듬고

버선
속바지 치마저고리

다 입고 나니 꽃신이 없네
노리개도……

꽃신 가져다 주세요
꽃신 필요해요
꽃신 신으니 자신감이 생겨나네요
꽃보다 꽃신이 필요해요

집으로 돌아오는 길

꽃메마을 네거리
호떡장수
어묵장수
그냥 지나칠 수 있나요

와플집 있잖아
크림빵 먹고 싶은데
햄버거집도 있어
오늘은 호떡 한 개로…

"할미, 문구점 가서 책 사면 안 돼?"
스티커 그림책도 사고

오늘은 그만 집에 가자
십 분이면 오는 길
한 시간도 더 걸리네

"할미, 내일 편의점 가자."

"그래 그러자."
할미와 손녀딸 손잡고 돌아오는
정겨운 꽃메마을

*꽃메마을 : 죽전에 있는 마을

평화를 빕니다

부슬부슬 비가 오는
가을 법화산
안개 속에 묻혀 있는 나무들
혼자서 터벅터벅 오솔길 올라간다

무서움이 가실 때쯤 안개가 걷히고
하늘이 보이네
천주교 묘원이 넓게 펼쳐 있네

평화롭게 영혼들이 쉬고 있는 곳
운동기구와 벤치가 기다리고 있구먼

벤치에 앉아 따뜻함을 느낀다
추기경님이 앉았다 가셨나
눈앞의 운동기구도 흔들리고 있다

김수환 추기경님이 어디서 나를 보고 계실까
고요하고 평화롭다

평화를 빕니다
나 자신에게

하늘나라 간 친구야

죽전 도서관 근처
"코다리냉면 같이 먹자."
"그러자 친구야."

여름도 오기 전에
나 혼자 남겨두고
친구는 하늘나라 갔다네

난 어쩌라구 친구야
코다리냉면 같이 먹어야지

뭘 그리 빨리 하늘나라에 갔니
사위 얼굴 못 보고
손주도 못 안아 보고
할머니도 안 돼 보고
너 떠났느냐 친구야

왜 그리 바삐 가야만 했니

하늘나라에 간다고 말이나 하지
야속하구나 말없이 떠난 친구야

달마다 보낸 인사 메시지에 감동하던 친구야

그 목소리 이제는 어디서 듣니
오늘 띄운 메시지에는 메아리가 없네…

*주 : 용인 풍덕 이순영 선생님 생각하며

용인 5일장

용인 5일장이 돌아오면
집으로 가는 길
활기를 찾는다

감자 양파 사서
검정 비닐에 담아 시외버스 탄다

덤으로 준 감자 한 개 비닐 밖 튀어나와
앞으로 갔다 뒤로 갔다

용인 인심 버스에서
굴러다닌다.

데굴데굴 데굴데굴
반포에는 없는 용인 감자

용인 양파, 용인 계란
호빵, 당근, 토마토, 고구마까지

용인 인심이
버스에 실려 집으로 간다

행복나무 화분

겨울바람 속 산책 나서다
휴대폰 가게 지날 때

행복나무 매달린 리본
대박나세요
부자되세요

개업축하 화분
버려져
덜덜 떨며
새 주인 찾는다

행복나무 화분 하나
집에 가져왔다
목숨이 붙어있는 것들
남은 것이 안쓰럽네

*주 : 죽전 새터마을에서

편집후기

늘상 기나려지는 목요일 오후 1시.

좋은 시를 읽고 동인들의 신작시를 접할 때마다 시인의 야무진 꿈을 헛되이 하지 않으리라 노력하는 시우들을 보며 보람을 느낍니다.

더욱이 죽전시문학회 3년차에 제2집 동인지를 발간하게 되어 그 기쁨은 말할 수 없으며 지도해 주신 김태호 선생님 감사를 드립니다.

특히 금년은 용인 지명 탄생 600년을 기념하는 해로서 용인의 여러 곳을 몸소 체험하며 숨어 있는 용인의 매력을 찾아 시로 승화시킨 회원님들의 멋진 행보에 찬탄을 금치 못하며 그 노고에 깊이 감사하는 바입니다. 우리와 가까이 있는 탄천을 사랑하는 용인시민이 참 많더라구요. 탄천의 봄 소리, 탄천을 건네, 탄천 낭만 등의 작품이 태어난 것은 당연할 테지요.

그 외에도 대지산, 광교산, 문수산, 석성산, 법화산, 정광산 등 우리 고장의 숨어 있는 명산을 노래하거나 탄생시켰으니 대견하기만 합니다.

그 뿐입니까. 등잔박물관, 포은아트홀, 할미산성, 와

우정사, 충렬서원, 용인5일장, 법륜사 등 용인의 명소나 용인을 노래한 시가 계속 이어지며 우리 앞에 새로운 모습을 드러내었지요.

한편 회원 중에는 금년에 칠순을 맞은 분이 두 분 계셨지요. 칠순기념으로 그 동안에 공부한 시를 책으로 엮어 첫 시집을 발간하기도 하였구요.

시집 출판 기념을 겸한 잔치에는 회원들이 자작시를 낭송하여 철쭉꽃이 만발한 한강변 귀여리 푸른 잔디밭에서 오월의 첫날을 멋지게 보내었어요. 돌아보면 모두가 기쁨이요 보람입니다.

죽전시문학회 회원님들 사랑합니다.

회장님 특히 고생 많으셨단 말씀도 아울러 드립니다. 모두 모두 수고하셨구요. 고맙습니다.

2014년 7월 25일

편집자 대표 **표 석 화**

대꽃 피는 마을

•

지은이 / 류재덕 외
발행인 / 김재엽
펴낸곳 / 한누리미디어
디자인 / 지선숙

•

121-840, 서울시 마포구 잔다리로 35(서교동) 서운빌딩 2층
전화 / (02)379-4514, 379-4519
Fax / (02)379-4516
E-mail/hannury2003@hanmail.net

•

신고번호 / 제300-2006-61호
등록일 / 1993. 11. 4

•

초판발행일 / 2014년 8월 1일

•

•

값 10,000원

•

※잘못된 책은 바꿔드립니다.
※이 책은 한국문화예술진흥회와 경기도, 경기문화재단, 용인시,
용인문화재단의 문예진흥기금을 보조 받아 발간되었습니다.

•

ISBN 978-89-7969-482-6 03810